Das Brüllkloster von Malchow
Aufzeichnungen über ein vergessenes
Ritual

AF300821

Herold zu Moschdehner

Das Brüllkloster von Malchow

Aufzeichnungen über ein vergessenes Ritual

Bibliografische Information der Deutschen Nationalbibliothek
Die Deutsche Nationalbibliothek verzeichnet diese Publikation in der Deutschen Nationalbibliografie; detaillierte bibliografische Daten sind im Internet über http://dnb.d-nb.de abrufbar.

ISBN: 978-3-7693-6892-5

9,99 Euro

Vorwort

Es gibt Orte, über die keine Chronik berichtet,
weil das Schreiben selbst dort verstummt. Orte,
die nicht vergessen wurden, sondern sich
entschieden haben, nicht mehr erinnert zu
werden.
Das Brüllkloster von Malchow war ein solcher Ort.
Diese Erzählung ist keine Geschichte im
klassischen Sinn. Sie ist ein Echo. Eine
Aufzeichnung dessen, was einst gesprochen,
geschrien oder verschwiegen wurde – und doch
weiterlebt, in Mauern, Wasser und Traum. Was Sie
hier lesen, stammt aus zerschnittenen Seiten,
zitternden Zungen und den flüchtigen Protokollen
der Finsternis. Es ist die Chronik eines Klosters, das
sich selbst abschaffte, indem es zu laut wurde für
die Welt.
Und es ist die Geschichte eines jungen Mannes,
Thassilo, der lernte, dass nicht jede Stimme befreit
– und nicht jedes Schweigen rettet.
Lesen Sie dieses Buch nicht wie einen Bericht.
Lesen Sie es wie ein Rufen. Und wenn es in Ihnen
nachklingt – dann war es vielleicht nie ganz fort.

— H. z. M.

Kapitel 1: Die Glocke, die nicht schweigt
Malchow, Anno Domini 1671.

Es war ein kalter Morgen im Frühling, einer von jener Sorte, bei der der Nebel wie ein schmutziges Leichentuch über dem Land liegt. Die Schafe blökten dumpf in der Ferne, und das Wasser des Plauer Sees lag bleiern still. An diesem Morgen kam Bruder Thassilo an. Er war blass, schmal, nicht viel älter als neunzehn, und hatte doch schon die Milde eines Mannes, der zu viel gesehen hatte. Das Kloster ragte am Rand der Insel wie eine geballte Faust gen Himmel, mit schwarzen Dächern, deren Schindeln wie Schlangenhaut glänzten. Es war einst ein Ort der Umkehr gewesen, so stand es in den alten Kirchenbüchern. Doch nun war es etwas anderes. Die Glocke. Die Glocke läutete.
Sie läutete nicht zur Stunde. Nicht zum Gebet. Nicht zum Tod. Sie läutete einfach – ununterbrochen. Mal laut, mal leise, mal wie ein Krächzen, mal wie ein Schrei. Und niemand im Ort sprach darüber.
Bruder Thassilo trug die Kutte der armen Lazariten, sein Hab und Gut in einem Beutel, den er sich mit einer Schleife um den Bauch gebunden hatte. Er roch nach Ziegenmilch und Schweiß, doch seine Augen waren offen und ehrlich. Als er das Haupttor des Klosters betrat, verstummte der Wind.
Ein Mönch trat aus dem Schatten, alt, bucklig, mit einem faltigen Gesicht, das aussah, als hätte jemand das Antlitz eines Sünders aus einem

warmen Brot geschnitten. "Du bist spät, Bruder,"
sagte er mit einer Stimme wie Asche.
"Ich kam so schnell ich konnte," flüsterte Thassilo.
"Flüstern ist hier nicht erlaubt," knurrte der Mönch.
"Wir beten laut. Wir beichten laut. Und wir leiden
laut. Das ist die Regel."
Thassilo schluckte. Die Glocke läutete weiter.
Im Innern war das Kloster karg, beinahe leer. Es
gab keine Heiligenbilder, nur schwarze Kreuze.
Und Stimmen. Von irgendwoher brüllte ein Mann
– nicht vor Wut, sondern wie einer, der seinen
Namen aus sich herausschreit, damit Gott ihn
endlich hört. Dann eine andere Stimme,
weinend, schreiend: "Erbarm dich meiner!"
Thassilo wurde ein Zimmer zugewiesen. Eine Zelle,
nackt wie ein frischgeborener Leib. Auf dem
Strohsack lag ein Zettel: "Der Mund ist die Brücke
zur Hölle oder zum Herrn. Wähle laut."
Am ersten Abend wurde er in den Speisesaal
geführt. Man aß schweigend, doch dann stand
der Abt auf – ein riesiger Mann mit einer Kapuze
tief ins Gesicht gezogen – und schlug mit einer
eisenbeschlagenen Faust auf den Tisch. "Es ist Zeit
für das Lärmen."
Und dann, einer nach dem anderen, begannen
die Brüder zu brüllen. Jeder stand auf, schrie seine
Sünden, seine Ängste, seine Visionen. Es war ein
Chor des Wahnsinns. Einer brüllte nur Zahlen. Ein
anderer sang von einem schwarzen Vogel, der
ihm nachts die Lippen leckerte. Einer weinte,
während er schrie, und ein anderer lachte wie
ein Teufel.
Thassilo stand auf und sagte gar nichts.

Am nächsten Tag wurde er in den Glockenturm
gebracht.
Dort saß ein Mann, barfuß, schmal, mit einem
Gesicht wie Pergament. Er zog an einem Seil.
Immer wieder. Ohne Unterlass. "Du musst helfen,"
sagte er. "Sie lässt sich nicht besänftigen. Wenn
wir aufhören, wird sie singen. Und wenn sie singt,
stirbt jemand."
"Wer ist sie?" fragte Thassilo.
Der Mann blickte ihn an. "Die Glocke. Sie ist nicht
aus Erz. Sie ist aus der Zunge eines gefallenen
Engels gegossen."
Und so zog Thassilo. Stunde um Stunde. Und mit
jedem Läuten veränderte sich etwas in ihm. Ein
Jucken im Nacken. Ein Flackern vor den Augen.
Und dann, nachts in seiner Zelle, begann er zu
lachen. Leise. Dann lauter. Dann brüllte er –
allein, mit einem fremden Echo in der Brust.
Im Morgengrauen trat der alte Mönch wieder an
ihn heran.
"Willkommen im Brüllkloster, Bruder. Du hast den
ersten Schritt getan."
Und irgendwo, tief unter dem Altar, regte sich
etwas. Etwas, das keinen Namen hatte – aber
viele Stimmen.

In den nächsten Tagen lernte Thassilo, dass jeder
hier eine Geschichte hatte, die zu laut war für die
Welt draußen. Da war Bruder Elian, der einst
Prediger in Rostock gewesen war und eine ganze
Gemeinde durch ein irrsinniges Fasten in den Tod
geführt hatte. Und Bruder Norban, dessen Gebrüll
nichts als Latein war – auswendig gelernt in einer
Zeit, als man ihn noch für einen Ketzer hielt. Nun

war er hier, und sein Latein ließ die Wände beben.

Der Speisesaal verwandelte sich jeden Abend in eine Kakophonie. Sogar die Ratten, so hieß es, flohen bei Einbruch der Dunkelheit aus den Mauern. Thassilo versuchte zunächst, sich zu entziehen. Er murmelte nur. Doch der Abt bemerkte es.

Eines Nachts wurde er geweckt. Zwei Mönche zerrten ihn aus der Zelle, führten ihn in den Kapitelsaal. Dort war alles in rotes Licht getaucht. In der Mitte stand ein steinerner Stuhl. Darauf ein kleiner schwarzer Krug.

"Trinke," sagte der Abt.

"Was ist das?"

"Das, was in dir die Stimme befreit."

Thassilo trank. Es schmeckte nach Blut, nach Erde, nach Eisen. Und dann kam der Schmerz. Erst in der Kehle. Dann im Kopf. Dann überall.

Er schrie. Er wusste nicht was. Worte, die nicht von ihm waren. Namen, die er nie gehört hatte. Und der Chor antwortete. Aus allen Gängen, aus den Mauern, aus dem Boden. Ein uraltes Echo. Und in seinem Schrei war plötzlich Freude.

Als der Morgen graute, war er einer von ihnen. Im Hof traf er auf die stumme Nonne. Sie sprach nicht, doch ihre Augen sprachen Bände. Sie blickte ihn an, als wolle sie sagen: "Du weißt nicht, was du gerade geopfert hast."

Und zum ersten Mal seit seiner Ankunft fürchtete Thassilo sich nicht vor dem Kloster – sondern vor sich selbst.

Kapitel 2: Die Regel der Kehle

Der dritte Tag begann mit einem Paukenschlag. Im wörtlichen Sinne. Jemand hatte eine riesige Trommel in den Innenhof gebracht und schlug darauf mit zwei hölzernen Stangen, als gelte es, Dämonen zu wecken. Die Brüder kamen aus ihren Zellen geströmt wie die Maden aus einem geplatzten Apfel. Keiner sprach. Nur das dumpfe "BOOM-BOOM" der Trommel und das Flattern der Kutten im kalten Wind.
Thassilo stellte sich zu den anderen. Die Trommel donnerte weiter. Schließlich trat der Abt aus der großen Pforte. Er trug heute keine Kapuze. Sein Gesicht war sichtbar – eine Karte aus Furchen, Brandmalen und tätowierten Runen. Auf seiner Stirn prangte ein umgekehrtes Kreuz. Doch niemand wagte, den Blick zu heben.
"Brüder," rief der Abt, "heute beginnt eure Stärkung."
Ein anderer Mönch trat hervor, Bruder Aurelius. Er trug ein Bündel Pergamentrollen bei sich. Mit ruhiger Stimme – fast zärtlich – las er die sogenannte *Regula Vocis*, die Regel der Kehle.
"Punkt eins: Wer schweigt, sündigt. Punkt zwei: Wer flüstert, lügt. Punkt drei: Wer bekennt, brüllt. Punkt vier: Wer glaubt, schreit. Punkt fünf: Wer leidet, singt. Punkt sechs: Wer lacht, ist verloren."
Die Worte hallten über den Hof, als sprächen sie nicht bloß zu den Mönchen, sondern zu den Mauern, zu den Raben, zum See. Und dann setzte der Chor ein – ein kollektives Brüllen, das in Schmerz überging, in Ekstase, in Raserei.

Thassilo wurde beiseitegenommen. "Du wirst heute unterrichtet," sagte Bruder Norban, der Ketzer mit dem Latein. Sie gingen durch einen unterirdischen Gang, der nach Ruß und altem Weihrauch roch. Die Steine waren feucht, das Licht kam von brennenden Talgmassen in Nischen.

"Die Stimme ist ein Werkzeug," begann Norban. "Doch sie ist auch ein Schlüssel. Wenn du sie richtig führst, öffnet sie Tore. Nicht nur zu Herzen, nein, zu Sphären."

Thassilo nickte stumm.

"Sag etwas."

"Was soll ich sagen?"

Norban schrie ihm ins Gesicht. "Irgendetwas! Sprich! Ruf! Brüll, wenn du es nicht anders kannst! Aber sei nicht stumm!"

Erst kam nur ein gepresstes "Ha", dann ein "Ich..." Und dann, plötzlich, aus dem Innersten seines Bauches, ein Schrei. Nicht aus Wut, nicht aus Angst – sondern wie das Brüllen eines Neugeborenen, das den ersten Luftzug nicht nur spürt, sondern einfordert.

Norban lächelte. "Du lernst schnell."

Sie betraten einen Saal, den Thassilo noch nie gesehen hatte. Die Wände bestanden aus menschlichen Knochen, sorgfältig gestapelt, Rippenbögen als Verzierungen, Schädel in Reihen wie Wanduhren. In der Mitte: ein Podest. Darauf ein Buch.

"Das ist die *Vox Inferna*. Aus ihr stammen alle Rufe, die wir im Kloster benutzen. Sie ist älter als alles, was du kennst. Älter als die Bibel. Vielleicht älter als Sprache selbst."

Thassilo trat näher. Das Buch zitterte leicht. Als er die erste Seite aufschlug, hörte er Stimmen. Nicht lesbare Schrift – sondern Laute, geätzt in Leder. Ein Wispern, ein Stöhnen, ein Heulen. Er las, ohne Worte zu erkennen. Und doch verstand er.

Am Nachmittag wurde er wieder in den Hof geführt. Dort stand ein Halbkreis aus Mönchen. In der Mitte lag ein junger Mann, geknebelt, gefesselt, nackt bis auf ein Leinentuch. "Ein Schweiger," erklärte Bruder Aurelius. "Eingeschleust von der Diözese. Ein Spitzel."
Der Abt trat an ihn heran und beugte sich über ihn. "Dein Schweigen hat dich hierhergebracht. Möge dein Mund nun endlich geöffnet werden."
Ein Eisen wurde ins Feuer gehalten. Als es glühte, führte man es an die Lippen des Mannes. Der Schrei, der darauf folgte, war rein, voll, gewaltig. Die Brüder antworteten im Chor – ein Echo der Läuterung.
Thassilo schaute nicht weg. Nicht mehr. Sein Herz raste, doch er blieb. Später, als der Mann weggetragen wurde, trat die stumme Nonne an ihn heran.
Sie hielt ihm eine Schriftrolle hin. Darauf nur ein Satz: "Das Brüllen beginnt im Schweigen."

In den folgenden Nächten träumte Thassilo von Hallen aus Klang. Von Wesen, die nur aus Stimme bestanden. Von einem Herz, das sich öffnete wie ein Mund und schrie, bis es barst. Und stets war da ein Licht hinter dem Licht – als ob die Welt nur ein Vorhang sei, hinter dem eine andere wartete.

Bruder Norban führte ihn nun täglich zu einer
Kammer tief unter dem Altarraum. Dort stand ein
steinernes Becken, gefüllt mit einer schwarzen
Flüssigkeit. "Das ist das Echo aller Gebete, die je
gebrüllt wurden. Trink."
Widerwillig tauchte Thassilo zwei Finger hinein,
führte sie an die Lippen. Bitter. Salz. Kupfer. Und
ein Zucken, als würde seine Zunge von einer
fremden Zunge berührt.
"Was fühlst du?"
"Dass ich nicht mehr allein bin."
Norban nickte. "Dann kannst du morgen
sprechen im Tempus Ultimum."

Der siebte Tag. Die Nacht war voll Sterne, doch
das Kloster war dunkler denn je. Die Glocke
schwieg für drei Atemzüge – ein Ereignis, das alle
innehalten ließ. Dann ertönte sie wieder, diesmal
in einem fremden Rhythmus. Langsam. Tief.
Im Kapitelsaal brannten hundert Kerzen. Die
Mönche trugen Masken aus Holz und Eisen. Der
Abt stand im Zentrum, in den Händen eine Schale
aus Knochen.
"Tempus Ultimum – die Stunde des letzten Wortes
– ist gekommen," rief er. "Wer heute spricht,
spricht nicht mehr für sich allein."
Thassilo trat vor. Er erinnerte sich an nichts, sprach
dennoch. Worte strömten aus ihm wie Wasser aus
einem aufgebrochenen Damm. Er sprach von
Tod, von Licht, von Mauern aus Fleisch. Und als er
endete, stand er in einer Pfütze seines eigenen
Schattens.
Stille. Dann ein Raunen.

Die stumme Nonne trat hervor. Sie öffnete den
Mund. Und ein Laut entwich – hell, rein, wie das
Echo eines ungeborenen Kindes.
Alle fielen auf die Knie.
Und draußen, im See, begannen die Fische zu
kreisen.

Kapitel 3: Der Abt mit dem verbrannten Mund

Am achten Tag nach Thassilos Eintritt in das
Kloster begann das große Schweigen –
ironischerweise. Es war jener seltsame Zustand, in
dem die Brüder ihre Stimmen zwar nicht ruhen
ließen, aber ihnen alle Worte verboten waren.
Nur Brüllen war erlaubt. Kein Latein, kein Deutsch,
kein Althebräisch. Nur Laut. Nur Fleisch.
Thassilo stand auf dem Kieshof, sein Blick auf das
Grau des Sees gerichtet. Seit dem *Tempus
Ultimum* fühlte er sich verändert, als hätte ihm
jemand ein neues Organ eingepflanzt. Etwas
zwischen Kehle und Herz. Eine Membran, die bei
jedem Atemzug zu vibrieren begann – als wolle
sie schreien, auch wenn er schwieg.
Die Glocke hatte einen neuen Klang. Tief. Feucht.
Als würde etwas in ihr atmen.
An diesem Tag wurde der alte Abt abgelöst.
Keiner wusste, wie es geschah. Man fand nur
seine Kutte. Und einen brennenden Abdruck – in
Form eines geöffneten Mundes – in der Mauer
seiner Kammer.
Ein neuer Abt wurde eingesetzt. Niemand sprach
seinen Namen. Niemand sah, woher er kam. Man
nannte ihn nur: *Oralis*.
Er war größer als der alte Abt, sein Körper sehnig
wie ein abgemagerter Hund. Seine Lippen waren
vollständig verbrannt. Schwarze Ränder, als hätte
jemand glühendes Eisen auf seinen Mund gelegt
und es dort vergessen. Er sprach nie. Doch wenn
er den Mund öffnete, kam Klang – nicht Stimme.
Ein Grollen, das durch den Stein zog. Ein Pfeifen,

das Blut zum Stillstand brachte. Eine Anrufung aus dem Innersten der Welt.

Oralis führte eine neue Regel ein: das Ritual des *Umschreis*. Jeder Bruder musste sich einem anderen gegenüberstellen und ihn anschreien – nicht aus Hass, sondern aus Offenbarung. Wer zuerst innehielt, musste zur Reinigung in die Kapelle der Zungen.

Thassilo wurde Bruder Aurelius zugewiesen. Der Wettstreit begann im Hof, im Kreis der Versammlung. Beide standen sich gegenüber. Aurelius schrie zuerst, tief, schneidend. Thassilo antwortete. Das Echo zerriss Tauben vom Dach. Die Luft flimmerte.

Nach drei Minuten bebte der Boden. Nach fünf Minuten sackte Aurelius in sich zusammen.

Thassilo blieb stehen.

Die Brüder jubelten. Oralis nickte.

In der Kapelle der Zungen war es dunkel. Der Altar bestand aus tausenden konservierter Zungen, auf Draht gespannt wie ein Flechtwerk. Hierhin kam, wer schwieg, wer verlor, wer zweifelte. Auch Bruder Elian lag dort, gefesselt, der Blick leer.

"Er hat gelächelt," flüsterte jemand. "Ein Lächeln ist der erste Schritt zur Häresie."

Oralis ging um ihn herum. Aus seinem Ärmel zog er ein Messer mit einer Klinge aus Obsidian. Kein Laut – nur ein Schnitt. Eine neue Zunge für den Altar. Und Elian wurde hinausgetragen, stumm und doch für immer Teil der Liturgie.

Thassilo wurde Oralis' Gehilfe. Man brachte ihn in die Bibliothek des Schreis – ein Raum voller Hörrohre, Klangspeicher und mit Wachs versiegelter Klangphrasen. Die Bücher hier hatten keine Seiten, sondern Membrane. Man legte sie an sein Ohr, und sie flüsterten oder schrien.
Ein Buch erzählte von einem Abt aus dem Jahr 1123, der durch sein Brüllen eine Hungersnot beendete. Ein anderes von einem Kind, das im Leib seiner Mutter so laut geschrien hatte, dass sie von innen platzte – und dennoch lächelte, als man es fand.
"Stimmen sind Waffen," sagte Oralis eines Abends in seinem Grollen, das kein Mensch als Sprache verstanden hätte – doch Thassilo verstand. "Aber nur, wenn sie nicht lügen."

In der Nacht hörte Thassilo ein Summen aus seiner Zelle. Unter dem Boden. Er kratzte die Steine frei und fand einen Hohlraum. Darin: ein Kästchen. Aus Metall. Verschlossen.
Am nächsten Morgen zeigte er es Oralis. Dieser betrachtete es lange. Dann sagte er – oder grollte: "Öffne es nicht. Noch nicht."
Doch in der Nacht tat Thassilo es doch. Das Schloss sprang auf, als hätte es ihn erkannt. Im Innern: ein Tuch, darin eine kleine, vertrocknete Zunge, sorgfältig in Leinen gewickelt. Daneben ein Zettel:
"Die erste Stimme. Bewahre sie, oder alles beginnt erneut."
In seinem Traum sprach die Zunge zu ihm.
Sie sagte: "Nicht alles, was brüllt, ist lebendig. Und nicht alles, was schweigt, ist tot."

Thassilo wachte schweißgebadet auf. Die Glocke
schwieg wieder für drei Atemzüge.
Und dann hörte er es: ein fernes, hohes,
weibliches Kreischen. Nicht im Kloster. Nicht auf
der Insel. Sondern weit draußen. Aus dem See. Als
würde etwas Altes antworten.
Oralis stand am Ufer. Nackt. Die Arme erhoben.
Und sein Mund – verbrannt, zerschunden –
lächelte.
"Die Dritte Stimme erwacht," sagte Thassilo.
Und ein neuer Tag begann im Brüllkloster von
Malchow.

Doch es war nicht nur ein neuer Tag – es war der
erste Tag eines neuen Zyklus. Denn als Thassilo am
nächsten Morgen den Klangraum betrat, hatte
sich dort etwas verändert. Die Membran der
Bücher vibrierte von allein. Kein Bruder hatte sie
berührt. Aus einem der Speicherhörner quoll
Rauch. Und aus dem Wachssiegel tropfte Blut.
Oralis stand daneben, sein Blick tief versunken.
"Die Bücher erinnern sich," grollte er. "Sie haben
deine Stimme erkannt. Du bist nicht mehr nur ein
Schüler. Du bist ein Rückrufer."
"Was ist das?"
"Einer, dessen Stimme alte Stimmen zurückholen
kann. Nicht nur aus der Zeit. Auch aus dem Raum
zwischen den Räumen."
Thassilo setzte sich. Der Raum bebte leicht. Er
legte sein Ohr an ein altes Gefäß. Zuerst war
nichts. Dann hörte er ein Wispern: "Malchow...
war nie für Menschen gedacht."
Er schloss die Augen.
Und spürte, wie etwas von ihm Besitz nahm.

Nicht wie ein Dämon. Eher wie eine Idee. Etwas,
das mit ihm sprach, aber auch durch ihn. Eine
Stimme, die älter war als alles, was er kannte –
und die nun durch seinen Mund sprach:
"Der See war das erste Ohr."
Und von unten, aus der Tiefe, kam das Echo.
Kapitel 3 endet – mit einem Zischen im Wasser
und einem Wind, der über den Hof fährt und das
erste Lächeln seit Wochen auf Thassilos Lippen
bringt.
Denn er weiß: Der Klang wird nie wieder
verschwinden.

Kapitel 4: Die Messe der Rückkehr

Der Morgen war still. Zu still.
Seit Jahrhunderten hatte das Kloster kein
vollständiges Verstummen erlebt. Die Glocke, das
Grollen, das Summen aus den Wänden – sie
bildeten ein ständiges Hintergrundrauschen des
Wahnsinns. Doch an diesem Tag lag eine
bedrückende Ruhe über dem Komplex. Der
Nebel war dichter als sonst. Er klebte an den
Mauern wie eine zweite Haut. Selbst die Krähen,
die sonst krächzend auf den Giebeln hockten,
schwiegen.
Thassilo trat aus seiner Zelle, das Kästchen mit der
Zunge unter seinem Gewand verborgen. Er fühlte
sich beobachtet – nicht von einem Bruder, nicht
von Oralis, sondern von etwas, das im Nebel
lauerte. Eine Art Bewusstsein, das durch die Stille
wuchs.
Er traf Bruder Norban im Kreuzgang, der mit
angespannten Lippen durch ein zerfleddertes
Notizbuch blätterte. "Die Messe der Rückkehr wird
heute gelesen," sagte er tonlos. "Erstmals seit
1487."
"Was kehrt zurück?"
Norban hob den Blick, zögerte – und kratzte
dann ein einzelnes Wort mit Kreide an die Wand:
"Wir."

Die Kapitelsäle wurden vorbereitet. Kerzen aus
Ohrenschmalz und Menschenfett wurden
angezündet. Die Stühle entfernt. Stattdessen
stand in der Mitte ein Kreis aus Salz, durchzogen
von sieben Linien aus Asche. In der Mitte: ein

steinerner Hocker, auf dem ein einzelnes Ohr lag.
Groß. Menschlich. Und dennoch seltsam verzerrt
– als hätte es nie zu einem Gesicht gehört.
Thassilo spürte, wie seine Beine weich wurden,
doch Oralis trat neben ihn. Der verbrannte Mund
öffnete sich einen Spalt. Ein Ton entwich – wie
das Zischen, wenn man Wasser auf glühendes
Metall gießt. Und Thassilo wusste: Die Messe
würde nicht gesprochen. Sie würde gehört.
Alle Brüder versammelten sich. Sie bildeten einen
Kreis, die Münder zugenäht – ein neuer Ritus. Nur
Thassilo und Oralis durften sprechen. Oder besser:
klingen.
Die Messe begann mit einem Ton. Kein
Instrument. Kein Gesang. Sondern ein Impuls,
ausgesendet von der Zunge im Kästchen. Sie
vibrierte. Und mit ihr der Boden. Thassilo trat in
den Salzkreis und begann zu sprechen.
Doch es war nicht seine Stimme.
Ein Chor aus Jahrhunderten sprach durch ihn. Ein
Rückrufen. Ein Ausstoßen. Eine Anrufung.
Der Nebel in der Kapelle nahm Gestalt an. Drei
Schatten traten hervor. Einer hatte den Kopf
eines Vogels, aber keine Augen. Einer hatte
keinen Kopf, aber einen singenden Bauch. Der
dritte war nur eine Stimme, ohne Körper, die sich
zwischen den Brüdern hindurchschob wie ein
kalter Hauch.

Bruder Aurelius fiel in Trance. Er begann zu
schweben. Seine Haut riss auf und enthüllte
darunter ein zweites Gesicht. Es schrie, aber ohne
Ton. Nur der Boden bebte.

Oralis stand da wie ein Fels. Aus seinem
verbrannten Mund quoll Dampf. Dann – zum
ersten Mal – ein Wort:
"Zurück."
Mit diesem Befehl begann das Ohr in der Mitte zu
bluten. Der Kreis aus Salz zerfiel. Die Linien aus
Asche leuchteten. Etwas kehrte heim.

Die Messe dauerte sieben Stunden. Als sie
endete, war der Boden des Kapitelsaals gerissen.
Die Hälfte der Brüder war verschwunden. Ihre
Kutten lagen zurück, sauber gefaltet, mit einem
einzigen weißen Haar darin.
Thassilo lag regungslos neben dem steinernen
Hocker. Die Zunge war verschwunden. Das
Kästchen leer. Doch in seinem Inneren hörte er
noch immer das Flüstern:
"Der See hört. Der See spricht. Der See erinnert."

Am nächsten Tag wurde das Wasser des Sees
schwarz. Kein Sonnenlicht drang mehr hindurch.
Fischer aus dem Dorf warfen Netze aus – doch sie
zogen nichts als Steine empor. Jeder Stein war
glatt, rund – und trug die Abdrücke von Lippen.
Ein Kind, das in der Nähe spielte, fing an zu
singen. Niemand hatte es gelehrt. Die Melodie
war alt. Und falsch. Ein Priester aus Güstrow
erkannte sie. Es war ein Ruf aus der *Vox Inferna*.

Oralis rief Thassilo zu sich. "Der Klang hat dich
angenommen. Du bist nun die Stimme des Sees."
"Und was bedeutet das?"

"Dass du bald nicht mehr wirst schweigen
können. Selbst dein Atem wird rufen. Selbst dein
Schweigen wird befehlen."
Thassilo ging in die Nacht. Die Glocke war
verstummt. Doch aus dem Schilf kam ein leises
Summen. Als hätte der See selbst eine Kehle
bekommen.
Und irgendwo im Nebel wartete etwas – und
spitzte die Ohren.

Kapitel 5: Der Chor der Verdammten

Die Nächte wurden länger.
Nicht im astronomischen Sinn – sondern im
Empfinden der Brüder. Die Zeit dehnte sich, floss
rückwärts, verknotete sich. Wer um Mitternacht
betete, erwachte manchmal bei
Sonnenaufgang – manchmal aber auch mitten
in einem Abend, der nie begann. Manche
behaupteten, sie hätten Stunden in der Bibliothek
verbracht, nur um bei Rückkehr festzustellen, dass
draußen der gleiche Tropfen Regen noch immer
an derselben Stelle hing.
Thassilo verließ kaum noch seine Kammer. Der
See summte in ihm. Kein Lied, sondern ein
ständiger Unterton – wie das Säuseln einer Zunge,
die nie zur Ruhe kommt. In seinen Träumen
sprach er in Sprachen, die aus Klängen
bestanden. Die Bücher flüsterten ihn nun von
selbst an. Selbst das Kästchen war wieder voll: mit
neuen Zungen, die sich in seinen Träumen
materialisierten.
Oralis war kaum noch sichtbar. Er hatte sich in die
Krypta zurückgezogen, wo sich angeblich ein Riss
in der Welt auftat. Ein Ort, an dem Stimmen nicht
nur aus den Wänden kamen, sondern durch die
Haut eindrangen.
Am ersten Sonntag nach der Messe der Rückkehr
rief Bruder Norban zum Chor.
"Der Chor der Verdammten wird neu geformt,"
sagte er mit heiserer Stimme. "Nicht zum Lobe
Gottes. Sondern um ihn zu erschüttern."

Die Vorbereitungen fanden im alten Weinkeller
statt. Dort, wo früher Fässer standen, waren nun
Klangkörper aus Haut und Horn gespannt.
Ausgehöhlte Rinderzungen, gewickelt um
Kupferdrähte. Zwischen den Säulen standen
Lautsprecher aus Holz – aus alten Särgen
gefertigt. Jeder Mönch erhielt eine Maske,
geformt nach seinem eigenen Gesicht, aber mit
aufgerissenen Mündern.
Thassilo spürte beim Betreten der Halle einen
Druck im Kopf. Eine Art Erwartung. Wie ein
Raunen im Raum, das nur darauf wartete, von
ihm ausgesprochen zu werden.
Sie übten keine Lieder.
Sie übten Frequenzen.
Norban ließ sie in Tönen sprechen, die keine
Bedeutung hatten – aber Wirkung. Ein Ton ließ
Kerzen erlöschen. Ein anderer ließ Metall beben.
Ein dritter brachte Risse in Wände.
"Der Chor soll keine Freude bringen," sagte
Norban. "Er ist ein Werkzeug. Ein Schlüssel. Ein
Urteil."

In der dritten Nacht des Proben begann der
Boden des Chorraums zu atmen. Eine Bewegung,
kaum sichtbar – aber spürbar. Die Steine hoben
und senkten sich, als würde der Boden unter
ihnen träumen. Oder leiden.
Ein Bruder, der das Muster nicht halten konnte,
schmolz. Nicht im wörtlichen Sinn – aber sein
Gesicht verflüssigte sich. Rutschte ab. Dahinter:
kein Knochen. Nur ein zweites, geöffnetes Ohr.
Der Chor verstummte. Und aus dem Ohr kam ein
Pfeifen.

Thassilo trat vor. Er verstand.
Er antwortete.
Mit einem Laut, der nicht ihm gehörte. Ein
Summen, tief, brüchig, uralt. Das Ohr auf dem
Gesicht des Bruders schloss sich.
"Die Probe ist bestanden," sagte Norban. "Ihr seid
bereit."

Am Tag des großen Chors zog Nebel ins Kloster,
so dicht, dass die Außenwelt verschwand. Kein
Dorf. Kein Ufer. Nur Stille. Die Glocke wurde nicht
geläutet. Es brauchte keinen Ruf mehr. Der Ruf
war in ihnen.
Der Chor versammelte sich im Kapitelsaal.
Diesmal standen sie nicht im Kreis. Sie lagen. Auf
dem Rücken. Mit offenen Mündern. Und aus
jedem Mund wuchs ein Draht. Diese Drähte
verbanden sich in der Mitte – an einem Baum,
den niemand gepflanzt hatte. Er bestand aus
Lippen, Zungen, Kehlköpfen.
Thassilo stand allein. In der Mitte.
Er hob die Hände.
Der erste Ton war sein eigener.
Der zweite kam aus dem Baum.
Dann begannen die Brüder. Sie brüllten, sangen,
keuchten, flüsterten. In Schichten, in Wellen, in
sich selbst zurückkehrend. Der Chor der
Verdammten war kein Lied – er war ein Sturm. Ein
Beben. Ein Akt der Entzweiung.
Die Mauern bebten. Das Glas barst. Der See stieg
über die Ufer. Und im Dorf verloren Kinder das
Gehör – nur um es durch das Sehen von Stimmen
zu ersetzen.
Thassilo fiel in Trance.

Und in seinem Inneren öffnete sich eine Kammer.
Dort lag er selbst – nur älter. Und neben ihm: eine
Frau ohne Mund, aber mit einem Blick, der ihn
kannte. Sie sprach durch seine Lunge. Sagte:
"Der Chor hat den ersten Riss geöffnet. Die Welt
antwortet. Bist du bereit?"
Thassilo nickte.
Und erwachte in einer Welt, die dieselbe war –
aber mit einem Unterschied: Jetzt hörte ihn der
Stein.

Kapitel 6: Die stumme Nonne

Sie hatte keinen Namen. Nicht im Kloster. Nicht
bei den Brüdern. Einige nannten sie einfach "die
Stille". Andere: "die Letzte Nonne". Es hieß, sie sei
vor Jahren eingetreten, als das Kloster noch
versuchte, sich als christlich zu tarnen. Doch
niemand wusste, woher sie kam. Noch weniger,
warum sie blieb.
Seit der Messe der Rückkehr verließ sie ihre
Kammer häufiger. Ihre Augen schienen heller.
Ihre Bewegungen bewusster. Als hätte sich auch
in ihr etwas geöffnet, das lange versiegelt war.
Thassilo begegnete ihr im Gang, früh am Morgen,
als der Nebel noch dicht wie nasser Filz an den
Mauern klebte. Sie hielt ihm ein Pergament hin.
Darauf stand nur ein Wort:
„Bereit?"
Er antwortete nicht. Stattdessen nickte er.
Sie führte ihn in den ältesten Teil des Klosters.
Unter der Krypta. Tiefer als die Glockenkammer.
Tiefer als die Zellen der Bestraften. Der Gang war
feucht und schmal, die Luft schmeckte nach
Eisen.
Am Ende stand eine Tür aus schwarzem Holz.
Darauf eingeritzt: **„Vokale Kammer"**.
Die Nonne öffnete sie mit einer Berührung. Kein
Schlüssel. Kein Riegel. Nur eine Geste – und die
Tür wich zurück, als hätte sie gewartet.

Innen war es vollkommen still. Nicht einmal der
eigene Atem war hörbar. Es war, als hätte der
Raum alle Geräusche ausgesaugt. Selbst Thassilos
Gedanken klangen dumpf.

In der Mitte: ein Spiegel. Alt. Geschwärzt. Kein Rahmen. Er stand auf dem Boden wie vergessen. Doch als Thassilo näher trat, zeigte er nicht ihn – sondern sie.
Die stumme Nonne. Aber nicht wie sie jetzt war. Sondern jünger. Mit offenem Haar. Und einer Stimme. Sie sprach. In der Spiegelwelt. Er hörte sie deutlich.
"Ich war wie du. Der See wählte mich einst. Doch ich weigerte mich zu rufen. Ich wählte das Schweigen. Und das Schweigen sprach zurück."
Thassilo versuchte zu antworten, doch kein Ton kam über seine Lippen. Der Raum hatte seine Stimme genommen. Nur die Nonne konnte sprechen. Ihre Stimme aus dem Spiegel war traurig und klar wie ein Glockenton in gefrorenem Wasser.
"Wenn du weitergehst, wirst du nicht mehr zwischen innen und außen unterscheiden können. Jede Stimme wird auch deine. Jeder Schrei ein Teil deines Herzens. Willst du das wirklich?"
Thassilo wollte nicken, doch sein Körper rührte sich nicht. Stattdessen trat sie aus dem Spiegel. Langsam. Wortlos. Und berührte seine Stirn.
Mit einem Mal fiel der Raum auseinander.

Er stand nun am Ufer des Sees. Nacht. Kein Stern. Nur das Wasser – reglos wie Glas. Neben ihm: die Nonne. Und vor ihnen: ein Kind. Nackt. Ohne Augen. Aber lächelnd.
Es sprach:
"Der Klang war zuerst. Dann das Wasser. Dann das Fleisch. Nun beginnt es von vorn."

Das Kind hob die Hände. Aus dem See erhob sich
ein Turm. Aus Knochen gebaut. Verdrehte
Formen. Singend. Und mit jedem Ton fielen
Erinnerungen aus Thassilos Kopf. Seine Kindheit.
Seine erste Beichte. Das Gesicht seiner Mutter.
Der Tag, an dem er das Kloster betrat.
Die Nonne hielt seine Hand. Doch sie war nicht
mehr stumm.
Sie sprach nun laut:
"Du bist der Letzte der Ersten. Die Stimme hat dich
ganz."
Thassilo sah sich selbst im Wasser. Doch sein
Spiegelbild war älter. Fremder. Und es lächelte.

Er erwachte in seiner Zelle.
Doch es war nicht seine Zelle. Der Stein war heller.
Die Wände aus einem Stoff, der summte. Die Luft
roch nach Asche und Rosen.
Die Nonne saß am Fußende.
Sie lächelte. Und sprach:
"Die letzte Glocke wird bald läuten. Und du wirst
der Klang sein."
Dann verschwand sie. Lautlos. Wie ein Atemzug
im Frost.

Am nächsten Tag war ihre Zelle leer.
Nur ein Pergament lag auf ihrem Bett. Darauf ein
Kreis. In der Mitte ein Punkt.
Darunter: **„Ich bin in dir."**
Und als Thassilo die Glocke wieder hörte – dieses
Mal tief, langsam, wie ein Herzschlag der Erde –
wusste er, dass es nicht nur Metall war, das klang.
Es war sie.
Und vielleicht, ganz vielleicht, war es auch er.

Kapitel 7: Der letzte Ruf

Am Tag des Endes war der Himmel blank.
Kein Nebel. Keine Wolken. Nur eine weiße Fläche,
als hätte jemand das Firmament gelöscht. Die
Brüder standen im Hof. Schweigend. Ihre Münder
vernäht. Ihre Augen mit schwarzem Tuch
bedeckt. Nur Thassilo sah. Und nur er konnte
sprechen.
Der See war über die Ufer getreten und hatte
den Garten verschluckt. Fische lagen in den
Gängen. Leichen von Vögeln an den
Fensterbögen. Der Klang im Gemäuer war kein
Echo mehr – es war ein Flüstern in Substanz, eine
Stimme aus jedem Stein.
Oralis saß auf dem Dach des Glockenturms. Er
war nackt, sein Leib ausgerissen von innerem
Beben. Die Haut aufgesprungen. Die verbrannten
Lippen zu einem Lächeln geformt, das zu keinem
Gesicht gehörte.
Thassilo trat in den Kapitelsaal. Alle Bänke waren
fort. Der Boden war gespalten. In der Mitte: eine
Öffnung. Nicht in die Tiefe – sondern ins Oben. In
einen Himmel, der zugleich unter der Erde lag.
Eine Umkehr.
Die *Vox Inferna* lag auf einem Pult. Sie zitterte.
Öffnete sich selbst.
Die Seiten waren leer.
Thassilo hob den Blick.
Und sprach.
Nicht laut.
Nicht mit seiner Stimme.
Er sprach in einem Klang, der nicht Klang war,
sondern Präsenz. Ein Tönen, das durch das Herz in

die Welt wanderte. Worte, die nicht gesagt,
sondern erinnert wurden.
"Ich bin das Echo. Ich bin der Klang, der nie
geboren wurde. Ich bin das Schweigen, das
antwortet."
Die Brüder fielen auf die Knie. Nicht aus Ehrfurcht.
Sondern weil der Stein sie niederdrückte. Der
Klang hatte nun Gewicht.
Dann geschah das Unumkehrbare.
Die Glocke fiel.
Sie stürzte aus dem Turm, durchschlug drei
Stockwerke, landete im Hof – doch sie zersprang
nicht. Stattdessen begann sie zu singen.
Nicht wie eine Glocke. Wie ein Chor. Aus ihr
drangen Stimmen. Die der toten Brüder. Der
stummen Nonne. Des Kindes im See. Der ersten
Stimme im Kästchen. Selbst Oralis' Grollen war
darin.
Und auch Thassilo.
Denn als er lauschte, hörte er sich selbst – wie er
lachte, weinte, betete. Wie er sich selbst als Kind
verlor. Wie er sich selbst im Klang wiederfand.

Der See stieg weiter.
Er verschlang das Kloster. Die Mauern ergaben
sich. Die Kreuze verformten sich zu Hörnern. Der
Altar schmolz zu Fleisch.
Doch Thassilo blieb.
Er stand auf der höchsten Treppe. Die Zunge der
ersten Stimme in seiner Faust. Er blickte zum
Himmel – der kein Himmel mehr war, sondern
eine vibrierende Fläche aus Geräusch.
Und er wusste:
Das Kloster war nie ein Ort.

Es war ein Instrument.
Und er war der letzte Ton.

Die Überlieferung endet hier. Die Chroniken von
Malchow, so sie je niedergeschrieben wurden,
blieben verstummt. Kein Mönch kehrte je zurück.
Kein Pilger fand den Ort wieder. Auf den Karten
verschwand das Kloster. Nur der See blieb –
schwarz, tief, unbewegt.
Doch manchmal, in stillen Nächten, hört man ein
Summen über dem Wasser. Ein leiser, fremder
Klang. Nicht wie Wind. Nicht wie Tier.
Wie ein einzelner Mensch, der sich erinnert, dass
er einst eine Stimme war.
Und der sie nun, ein letztes Mal, erhebt.